银发川柳

日本公益社团法人全国养老院协会 著
〔日〕古谷充子 绘　赵婧怡 译

一边说着
『给我个痛快』
一边乖乖看医生

人民文学出版社
PEOPLE'S LITERATURE PUBLISHING HOUSE

著作权合同登记号 图字01-2021-2642

图书在版编目(CIP)数据

一边说着"给我个痛快"一边乖乖看医生 / 日本公益社团法人全国养老院协会著；(日) 古谷充子绘；赵婧怡译. -- 北京：人民文学出版社, 2022
(银发川柳)
ISBN 978-7-02-016669-5

Ⅰ. ①一… Ⅱ. ①日… ②古… ③赵… Ⅲ. ①诗集—日本—现代 Ⅳ. ①I313.25

中国版本图书馆CIP数据核字(2021)第250159号

责任编辑 朱卫净 王皎娇 胡晓明
装帧设计 李苗苗

出版发行 人民文学出版社
社　　址 北京市朝内大街166号
邮政编码 100705

印　　制 山东新华印务有限公司
经　　销 全国新华书店等

字　　数 74千字
开　　本 787毫米×1092毫米 1/32
印　　张 3.875
版　　次 2022年3月北京第1版
印　　次 2022年3月第1次印刷

书　　号 978-7-02-016669-5
定　　价 36.00元

如有印装质量问题，请与本社图书销售中心调换。电话：010-65233595

银发川柳 6

经济篇

一般来说，人们认为老年人在时间与金钱方面比较宽裕。相对于59岁以下的人群，老年人在交际与保健、医疗方面的支出比例更高（根据日本总务省统计局2015年统计）。交际费用的90%都花在子女与孙辈身上，这也是“发养老金日／给零花钱”这句川柳的具体体现。该调查也提及老年人的网购情况，同时显示与“旅游”“食品”“药品、保健品”等相关的支出，在最近10年上涨了5倍。

I

『你干吗』

只要是早上睡懒觉

老伴就来摸我脉搏

老旧公寓管理人·男性·大阪府·49岁·公司职员

连猫都学会
模仿老婆的样子
从我身上迈了过去

见边千春・男性・东京都・69岁・合同职员

明信片上
字迹韵味满满
其实只是写字时手抖

角森玲子·女性·岛根县·48岁·个体户

突然意识到自己老了
是发现自己的年龄
已经超过母亲的了

井上亲子·女性·山梨县·78岁·无业

模仿五郎丸[注]
被人问
是不是在念佛

蒲之妻·女性·北海道·55岁·兼职打工者

注：五郎丸是日本知名的橄榄球运动员，他开球前的标志性动作被称为『五郎丸式』，即双手拇指、食指指天，右手其余三指搭在左手其余的三指之上，撅着屁股，表情严肃而虔诚

如果真的能
把自尊与欲望都舍去
那就成神仙了吧

原好英·男性·静冈县·91岁·无业

比没钱更痛苦的是
人老了
还没钱

梶政幸·男性·千叶县·51岁·个体户

微波炉转了半天
才发现
忘记把要热的东西
从冰箱里拿出来了

山本加代子·女性·岩手县·67岁·主妇

一边说着
『给我个痛快』
一边乖乖看医生

堀江正一・男性・栃木县・68岁・无业

电话铃声响了
好不容易起身拿到听筒
发现对方已经挂断了

井堀雅子·女性·奈良县·63岁·无业

因为害怕我走失
狗狗特意
跟着我出门了

石川升·男性·东京都·63岁·兼职打工者

不敢跟别人拥抱
只因
骨质疏松太严重

澄子·女性·德岛县·41岁·公司职员

国际社会争军事问题
我们家里
争墓地问题

松本俊彦・男性・京都府・51岁・公司职员

你说的是哪个啊
就是那个啊
日常对话难题

毛利胜·女性·爱媛县·81岁·主妇

都这把年纪了
不会真有人以为
能成功戒烟戒酒吧

永田寿道·男性·冈山县·67岁·农业从业者

参加同学聚会
发现每个人
都是自己病症的专家

荒木贞一 · 男性 · 北海道 · 73岁 · 无业

『给我点钱』

虽然是儿子的声音

但我还是挂断了电话

海边少女·女性·神奈川县·72岁·主妇

从『你好』到『再见』
都没有想起
对方是谁

山本芳子·女性·大阪府·73岁·主妇

老年痴呆也挺好
昨天刚刚吵过架
今天已经全忘了

桑村宗次 · 男性 · 冈山县 · 72岁 · 无业

没有希望
也没目标
只有自由

胜子 · 女性 · 山形县 · 83岁 · 无业

II

在家里搞断舍离[注]
差点
把老公也扔了

近藤真理子・女性・东京都・53岁・兼职打工者

注：网络用语，指把不需要的东西舍弃掉

在家睡午觉
躺成一个『大』字
家人吓得叫了救护车

近藤国法·男性·宫崎县·74岁·无业

体力的彩色计时器[注]
只能持续三分钟

八名屋·男性·岐阜县·47岁·公务员

注：日本系列科幻特摄剧《奥特曼》中的特殊装置，装在奥特曼的胸口或额头上，用来说明奥特曼战士的能量剩余值

『来接我[注]啦』
上幼儿园的孙子
这么说道

注：『来接我』在日语中也指『老人去世』

紫苑·男性·千叶县·69岁·无业

比起担心自己的寿命
我还是更担心
地球的

井堀雅子·女性·奈良县·62岁·无业

每次海外旅行
都会感慨一句
『这是最后一次了』

东谷直司·男性·大阪府·76岁·无业

准备写的自传里
还缺点精彩内容
所以只能再活几年

福永敬子・女性・北海道・48岁・公司职员

算命时
大师分明说我
大器晚成

做梦的笑子·女性·宫城县·65岁·主妇

CRAY PAS
CRAY PAS
CRAY PAS

孙子画的『爷爷的脸』
哪怕只是圆里点个点
也要裱进画框挂起来

阿锅・男性・爱知县・56岁・农业从业者

我家孩子
好像也有
叫这个名字的吧

山本绢代·女性·长崎县·62岁·无业

不管是养老金
还是记忆
都无法阻挡地在流逝

无计划者·男性·山口县·47岁·无业

要是没做
白内障手术就好了
术后看到老婆的脸时
我这样想

嘉数·女性·新潟县·61岁·无业

要是用和牛[注]的标准
来评定我老婆的话
那大概是最高级吧

身体叔・男性・爱知县・61岁・公司职员

注：日本品质最好的良种肉牛

只有三颗牙
还研究怎么刷牙

外山悦子·女性·宫崎县·62岁·主妇

一到正月
老婆就开始
疯狂做年糕注

石川升·男性·东京都·62岁·合同职员

注：日本新年有吃年糕的传统，祈祷新的一年平安如意

同学聚会上
大家纷纷表示
『下一个就轮到我了』

藏田正章·男性·福冈县·77岁·无业

宝くじ
LOTO
NUMBERS
宝くじ
3億円的中!
ロト6 発売中
ドリーム ジャンボ
ナンバーズ 発売中
当せん 番号
高額当選
ドリーム ジャンボ
LOTO6
NUMBERS
〆切りせまる
ドリームジャンボ 6億円

上了年纪才明白
人的欲望
是不会随着年龄增长
而消失的

冈野满・男性・富山县・62岁・个体户

叫出了邻家狗狗的名字
却忘记了
它的主人叫啥

弗黛琳朵・女性・神奈川县・53岁・主妇

曾经闪闪发光的名字
有一天
也会变得陈旧不堪

炸鸡町中津市民·女性·大分县·49岁·主妇

只要一和老婆抱怨
她就会
唱起歌来

阿优·女性·三重县·41岁·主妇

III

找人请教了
长寿的秘诀
结果马上就忘了

藤木久光·男性·福冈县·71岁·无业

听说是特级烤肉
我的牙齿
一下子恢复了健康

津田幸三·男性·兵库县·70岁·无业

到底值不值
在结账时
练习算数的老年人

阿波天坊・男性・德岛县・61岁・无业

老年人的聚会是
先默哀
再干杯

中村清子·女性·滋贺县·71岁·主妇

那是啥时候的事来着
就前一阵子吧
结果指的是
半个世纪之前

青世子・女性・大阪府・38岁・主妇

要是被甩
就只能去找仙女
开始下一段恋情了

我乐多・男性・大阪府・76岁・无业

赶紧呀
嫌弃孙子动作慢
抢来他的剑玉[注]玩

饭田芳子·女性·埼玉县·61岁·无业

注：一种传统的日本民间游戏

生前举行葬礼[注]
来的人太少
想再办一场补救

盐之鶇黑磨·男性·岐阜县·74岁·无业

注：日本习俗，在人还活着的时候，为自己举办葬礼

刚喝了药
忘了喝的是啥药
又看了眼包装袋

矢野敬明·男性·香川县·75岁·无业

哪怕头顶秃一片
理发店也
不打折

山本隆庄·男性·千叶县·76岁·无业

爷爷怎么
不管啥时候
都在找东西

西島通人 · 男性 · 島根县 · 88岁 · 无业

在汽车导航上
输入了自己家的地址
才安全回了家

桥本澄子 · 女性 · 大分县 · 59岁 · 公司职员

已经需要
根据丧偶情况
来对男性
进行分组了

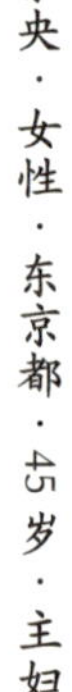
小奈央·女性·东京都·45岁·主妇

终于到了
和孩子两个人
一起参加老人聚会的时候

河原公辅·男性·福冈县·81岁·无业

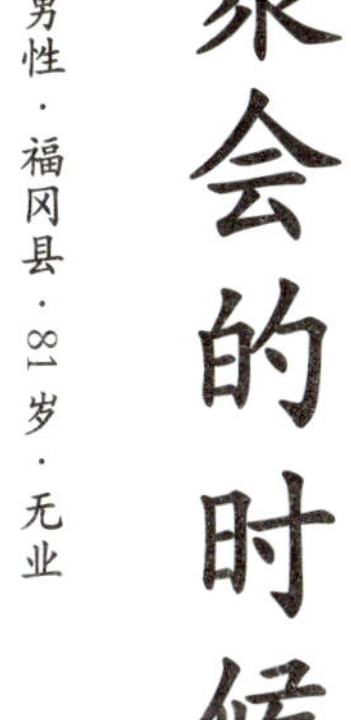

奶奶的内衣
是穿在
肚脐眼上的

岸本和男·男性·埼玉县·70岁·退休人员

看到母亲的样子
我感觉得赶紧
做头脑锻炼

西敏枝·女性·石川县·70岁·无业

为了保险起见
每天都重复念叨
老婆的名字

关口彻夫·男性·神奈川县·67岁·无业

选墓地时
特地挑了一块
能俯视女子高中的

甲斐良一 · 男性 · 熊本县 · 66岁 · 无业

早晨回笼觉
中午打瞌睡
晚上提前睡

田中英男·男性·新潟县·73岁·无业

迎来喜寿[注]

可是好像

并没有觉得自己长寿

注：七十七岁的雅称

莲见博·男性·枥木县·63岁·无业

去医院看朋友时
顺便体检了一下
结果自己也住院了

松本明・男性・熊本县・74岁・无业

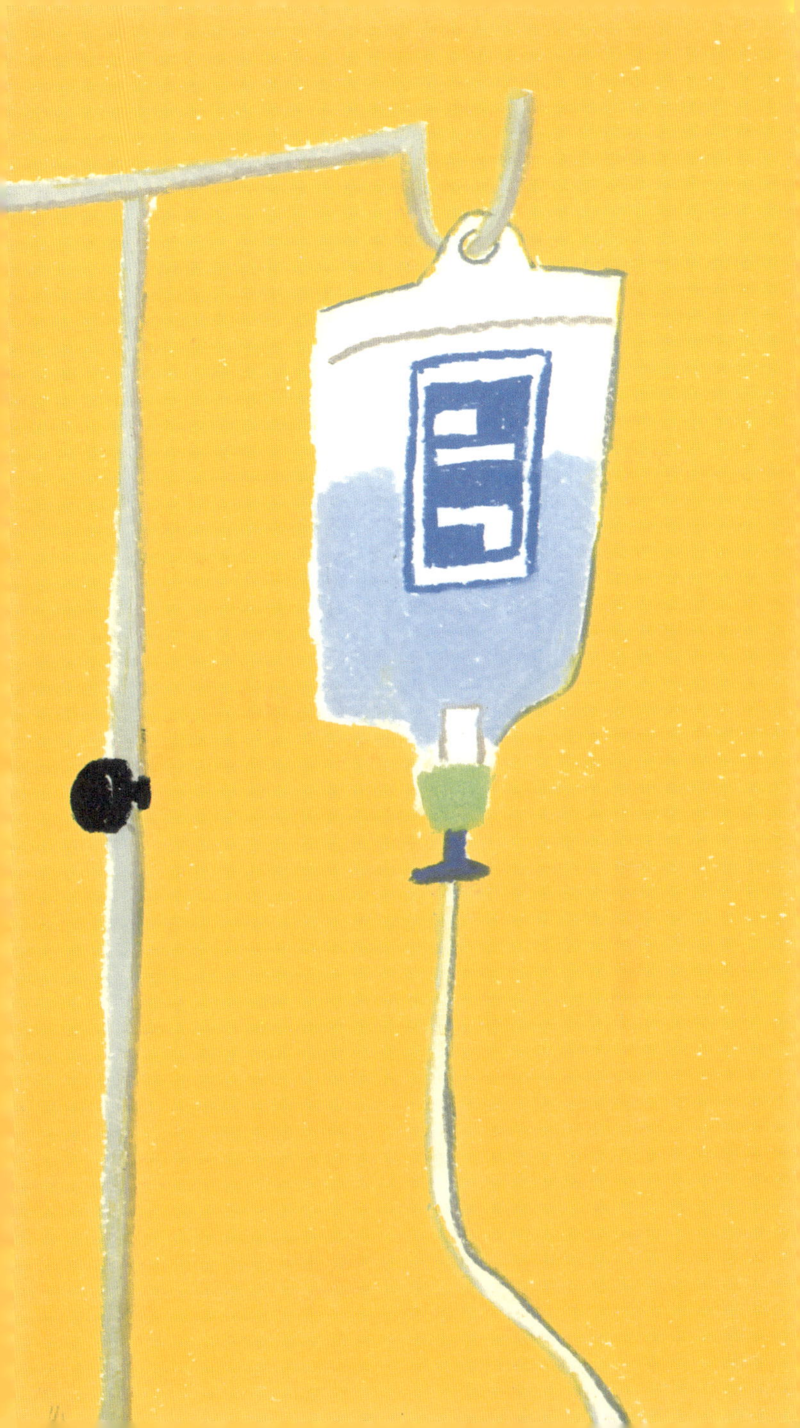

你这样
连以旧换新的价值
都没有了

吉田惠三·男性·静冈县·75岁·无业

有人冒充儿子
打来诈骗电话
我却对他
疯狂抱怨起了儿媳

同居老人·男性·三重县·60岁·无业

我没问题
是其他的车子
都在逆行

足立忠弘·男性·东京都·76岁·无业

IV

老婆子
我的假牙
是这副吗

藤井美智子·女性·长崎县·68岁·无业

明明耳朵背
别人一说我坏话
却能听得很清楚

今野美香・女性・福岛县・35岁・主妇

遗像用的照片
修图过度
已经不像自己了

豪华竹子·女性·爱知县·54岁·主妇

去照顾母亲时
还被指导
怎么做家务

高桥多美子 · 女性 · 北海道 · 54岁 · 兼职打工者

家里遥控器太多
分不清种类
头大

大贯哲雄·男性·神奈川县·62岁·无业

『饭蒸好了』
今天也只有
家里的电器和我说话了

桑原真子・女性・大阪府・63岁・主妇

奶奶是全家
吃肉最多的人

大Z · 男性 · 大阪府 · 39岁 · 公司职员

去餐馆吃饭时
记住了带钱包
结果把老伴
忘在了家里

宝广美千子·女性·岐阜县·66岁·主妇

『把舌头伸出来』
女医生这样说
让我有点害怕

小太郎・男性・神奈川县・63岁・无业

纸尿裤
存得太多
马上要堆成一面墙了

洗濯日和·女性·兵库县·49岁·兼职打工者

要是讨论起
谁身上的病多
那我是不会输的

颠倒哥·男性·北海道·48岁·公司职员

不小心把
存款金额的位数
说错了

阿谢·女性·爱知县·76岁·主妇

壁咚是
最轻松的姿势
没有之一

西川千代·女性·高知县·73岁·无业

爷爷在
不下车购买店注
对售货员说
我要这个和那个

羽田的优子・女性・冈山县・26岁・公司职员

注：不下车购买的餐厅门面很小，没有实物可以指

难得体验一次公主抱
结果是在
做护理的时候

阿部浩·男性·神奈川县·55岁·公司职员

孙子来揉肩　儿媳来搓手
只因今天是
养老金发放日

得能义孝·男性·广岛县·72岁·无业

已经够不到
大前年在柱子上留下的
划痕了

小栗和歌子·女性·大阪府·79岁·主妇

今天精神挺不错
不过还是
在老婆面前装死好了

天井·男性·兵库县·75岁·无业

明明聊得挺热乎
怎么就是想不起
对方叫啥名

加藤美鹤·女性·爱媛县·94岁·无业

老婆耳朵像针眼
我的意见
怎么也塞不进去

角森玲子・女性・岛根县・47岁・个体户

今天化了个大浓妆
一照镜子
把自己吓一跳

TK诗人·男性·青森县·59岁·无业

三个高龄者
凑在一起
全是抱怨声

角贝久雄・男性・埼玉县・79岁・无业

在家里执行
『三不主义』
不看不说不反抗

大塚四郎·男性·京都府·66岁·兼职打工者

嘴上说着『我回来了』
进去才发现
走错门了

中谷丰·男性·京都府·67岁·无业

后记

刚刚起身，却忘记要做什么事；对方就在自己面前聊天，却想不起对方叫什么；明明只是睡过头，家里人却一脸担忧……这些事情并不遥远，就在我们身边，构成了这些令人一笑的作品。

“银发川柳”是日本公益社团法人全国养老院协会从2001年开始、每年举办的川柳作品征集活动。这是一项以轻松愉快地创作川柳、积极肯定老年生活并从创作中得到乐趣为初衷的征稿活动，至今已经收到了超过15.6万首来自全国各地的投稿作品。

让各位久等了！从更多读者那里收到大量好评的“银发川柳”，这次终于推出了续篇。

本书收录的88首作品包括了第十六届活动中入围的20首。主题包括老年人经典的从健忘到看病、从家庭纷争到和孙子相处，都是能广泛引发共鸣的川柳作品。如果这些作品能够让您不禁笑出声来，或者偶尔感叹，享受其中的乐趣，那将是我们的无上荣幸。

今年的投稿总数为8876首。投稿者的平均年龄为71.4

岁，男性占 57.7%，女性占 41.5%[①]。最年长者为 101 岁的男性，最年少者为 8 岁的女孩。至于投稿者的年龄构成，60 岁的年龄层最多，约占总数量的 30%，接下来则是 70 岁和 80 岁的年龄层，他们一起构成了投稿者的主要年龄段。

根据 2015 年夏天厚生劳动省发布的调查，日本国民的平均寿命女性为87.05岁，男性为80.79岁，均创下历年新高。而 65 岁以上的人群在全体人口中所占的比例为 26.8%，预计 2025 年将超过 30%，到了 2055 年，将接近总人口数的 40%。

在超高龄社会的日本，这本反映老年人诙谐生活面貌的《银发川柳》应运而生。这让我们在面对严酷现实的同时，也会记得那些快乐的时光。通过川柳，我们希望向大家传达“每个人并不孤独”这一信念。如果本书能够博大家一笑，那实在是我们的无上之喜。

最后，向所有为本书提供作品的作者，表达最诚挚的感谢。

日本公益社团法人全国养老院协会

白杨社编辑部

① 有部分投稿者未标明性别。